ABRAN PASO A LOS PATITOS

ROBERT McCLOSKEY

Traducción de Osvaldo Blanco

PUFFIN BOOKS

El señor Pato y su señora buscaban un lugar para vivir.
Pero cada vez que el señor Pato veía un lugar que parecía
ser bueno, la señora Pata decía que no. Seguramente

habría zorros en los bosques o tortugas en las aguas, y ella no iba a criar a su familia donde pudiera haber zorros o tortugas. Así que siguieron volando y volando.

Cuando llegaron a Boston, estaban demasiado cansados para ir más lejos. En el Jardín Público había una linda laguna que tenía una pequeña isla.

—Es un lugar perfecto para pasar la noche —graznó el señor Pato.

Y bajaron batiendo las alas.

A la mañana siguiente trataron de pescar su desayuno en el lodo al fondo de la laguna. Pero no encontraron mucho.

Justo cuando estaban por echarse a volar, pasó junto a ellos un ave enorme. Esta ave, que tenía un hombre sentado encima, iba empujando un bote lleno de gente.

—Buenos días —graznó el señor Pato cortésmente.

Aquella ave era tan orgullosa como grande, y no contestó. Pero la gente del bote lanzó cacahuetes al agua, y entonces la pareja de patos los siguió por toda la laguna y tomó otro desayuno, mejor que el primero.

—Me gusta este lugar —dijo la señora Pata cuando subieron a la orilla y se pusieron a caminar—. ¿Por qué no hacemos un nido y criamos a nuestra familia aquí, en esta laguna? No hay zorros ni tortugas, y la gente nos tira cacahuetes. ¿Qué más podemos desear?

—Está bien —dijo el señor Pato, contento de que al fin la señora Pata había encontrado un sitio que le gustaba. Pero . . .

—¡Cuidado! —chilló la señora Pata, alarmadísima— ¡Te van a atropellar! —Y agregó, después que recuperó el aliento: —*Este* no es lugar para bebés, con todas esas cosas horribles que corren de acá para allá. Tendremos que buscar otro sitio.

Entonces volaron sobre Beacon Hill y en torno al edi-
ficio del estado, pero no había allí lugar para ellos.

Miraron en la plaza Louisburg, pero no había allí agua
para nadar.

Luego volaron sobre el río Charles.

—Esto es mejor —graznó el señor Pato—. Esa isla parece un lugar bueno y tranquilo, y está cerca del Jardín Público.

—Sí —dijo la señora Pata, recordando los cacahuetes—. Parece ser un buen lugar para empollar mis patitos.

De modo que escogieron un lugar conveniente, entre unos arbustos y cerca del agua, y se pusieron a construir el nido. Y ya era tiempo, porque estaban comenzando a mudar las plumas. Las viejas plumas de las alas ya habían empezado a caerse, y hasta que les crecieran las nuevas no podrían volver a volar.

Pero, por supuesto, podían nadar. Un día nadaron hasta el parque a la orilla del río y allí conocieron a un policía llamado Miguel. Miguel les dio de comer cacahuetes y, desde entonces, la pareja de patos visitó a Miguel todos los días.

Después de que la señora Pata puso ocho huevos en el nido, no podía seguir visitando a Miguel, pues tenía que estar sentada sobre los huevos para mantenerlos calientes. Sólo dejaba el nido para tomar agua, o para almorzar, o para contar los huevos y asegurarse de que estaban todos.

Un día los patitos salieron del cascarón. Primero salió Jack, luego Kack, después Lack, y siguieron Mack, y Nack, y Pack, y Quack y Uack. El señor Pato y la señora Pata estaban que reventaban de orgullo. Tenían ahora una gran responsabilidad y el cuidar a tantos patitos los tuvo muy ocupados.

Una mañana, el señor Pato decidió hacer un viaje río abajo para ver cómo era el resto del río. Y se puso en camino.

—Los espero dentro de una semana en el Jardín Público —graznó, volviendo la cabeza—. Cuida bien a los patitos.

—No te preocupes —dijo la señora Pata—. Yo sé todo lo que hay que saber para educar a la cría.

Y así lo demostró.

La señora Pata les enseñó a nadar y a zambullirse.

Les enseñó a caminar en fila india, a venir cuando se les llamase y a mantener una distancia prudencial de las bicicletas, patines y otras cosas con ruedas.

Cuando por fin estuvo completamente satisfecha con sus progresos, les dijo una mañana:

—Vengan conmigo, niños. Síganme.

Y en un abrir y cerrar de ojos, Jack, Kack, Lack, Mack, Nack, Pack, Quack y Uack se pusieron en fila tal como se les había enseñado. Siguiendo a su mamá, entraron en el agua y nadaron detrás de ella hasta la orilla opuesta.

La mamá y sus patitos fueron vadeando a tierra firme y echaron a andar hasta que llegaron a la carretera.

La señora Pata avanzó para cruzar. "¡Tu-tuu! ¡Tu-tuu!", le gritaron las bocinas de los automóviles que pasaban a gran velocidad.

—¡Cuaaac! —chilló la señora Pata, retrocediendo de un salto.

—¡Cuac! ¡Cuac! ¡Cuac! ¡Cuac! —chillaron Jack, Kack, Lack,

Mack, Nack, Pack, Quack y Uack, con toda la fuerza que pudieron sacar de sus pequeños pulmones. Los autos continuaron pasando velozmente y sonando sus bocinas, y la señora Pata y sus patitos continuaron chillando a todo lo que daban.

Hicieron tanto alboroto que Miguel vino corriendo, agitando los brazos y sonando su silbato.

Miguel se plantó en medio del camino y levantó una mano para detener el tráfico. Luego hizo señas con la otra mano, como suelen hacer los policías, indicando a la señora Pata que podían cruzar.

Tan pronto como la señora Pata y sus patitos estuvieron a salvo del otro lado y en camino hacia la calle Mount Vernon, Miguel regresó corriendo a su puesto en la garita.

Entonces llamó a Clancy, en la jefatura, y le dijo:

—¡Hay una familia de patos caminando por la calle!

—¿Una familia de *qué*? —preguntó Clancy.

—¡*Patos!* —gritó Miguel— ¡Envíen un coche patrullero, rápido!

Entretanto, la señora Pata había llegado a la Librería de la Esquina y doblado hacia la calle Charles, junto con Jack, Kack, Lack, Mack, Nack, Pack, Quack y Uack, que marchaban en fila detrás de ella.

Todo el mundo los miraba. Una viejecita de Beacon Hill exclamó:

—¡Qué maravilla!

Y el barrendero dijo:

—¡Vaya, vaya, qué cosa más bonita!

Y al oírlos, la señora Pata se sintió tan orgullosa que empezó a andar con el pico levantado y el paso más airoso.

Al llegar a la esquina de la calle Beacon, allí estaba el coche patrullero con cuatro agentes de policía de la jefatura que Clancy había enviado. Los policías detuvieron el tráfico para que la señora Pata y sus patitos pudieran cruzar la calle,

y entrar derechito al Jardín Público.

Tan pronto como la familia estuvo del otro lado de la entrada, todos se dieron vuelta para darles las gracias a los policías. Éstos sonrieron y les dijeron adiós con la mano.

Cuando llegaron a la laguna y nadaron hacia la pequeña isla, allí estaba esperándolos el señor Pato, tal como les había prometido.

A los patitos les gustó tanto la nueva isla que la familia decidió quedarse a vivir allí. Desde entonces, se pasan todo el día detrás de los botes con la figura de cisne y comiendo cacahuetes.

Y cuando cae la noche, nadan todos hasta su pequeña
isla y se van a dormir.

PUFFIN BOOKS
Published by the Penguin Group
Penguin Putnam Books for Young Readers, 345 Hudson Street, New York, New York 10014, U.S.A.
Penguin Books Ltd, 27 Wrights Lane, London W8 5TZ, England
Penguin Books Australia Ltd, Ringwood, Victoria, Australia
Penguin Books Canada Ltd, 10 Alcorn Avenue, Toronto, Ontario, Canada M4V 3B2
Penguin Books (N.Z.) Ltd, 182-190 Wairau Road, Auckland 10, New Zealand

Penguin Books Ltd, Registered Offices: Harmondsworth, Middlesex, England

First published in English under the title *Make Way for Ducklings* by The Viking Press, 1941
This Spanish translation first published by Viking, a division of Penguin Books USA Inc., 1996
Published in Puffin Books, 1997

20

Copyright © Robert McCloskey, 1941
Translation copyright © Penguin Books USA Inc., 1996

All rights reserved
Spanish translation by Osvaldo Blanco

THE LIBRARY OF CONGRESS HAS CATALOGED THE VIKING ENGLISH EDITION UNDER
CATALOG CARD NUMBER 41-51868   ISBN 0-670-45149-5
Pic Bk 1. Ducks—Stories. 2. Easy Reading.

Puffin Books ISBN 0 14 05.6182 X

Manufactured in China.